Osez (re)lire Baudelaire

DANS LA MÊME COLLECTION

Osez (re)lire Zola, 30 extraits pour faire éclater la vérité,
Librio n° 1318

Osez (re)lire Hugo, 25 extraits pour se sentir immensité,
Librio n° 1319

Osez (re)lire Molière, 25 extraits pour se tordre de rire,
Librio n° 1320

Osez (re)lire Proust, 25 extraits pour rattraper le temps perdu,
Librio n° 1321

Osez (re)lire Baudelaire

35 extraits pour changer la boue en or

Textes choisis et présentés par
Elise Benchimol

Librio

Introduction

Baudelaire sous le signe de Saturne

Que nous reste-t-il de Baudelaire ? Quelques vers musicaux, une impression de mélancolie, une sensation d'embruns, un parfum capiteux, un arrière-goût de poison… On se souvient d'un pays imaginaire où règne la volupté, d'une charogne pourrissant au détour d'un chemin, de la silhouette fugitive d'une femme en noir, d'un malheureux oiseau tourmenté par des marins : autant d'images qui dessinent un monde poétique singulier. Baudelaire, c'est ce poète maudit qui pose un regard ironique et désabusé sur ce qui l'entoure, qui nous fait voyager des rues mal famées de Paris aux horizons enchanteurs des îles de l'océan Indien, des cieux les plus bleus aux gouffres les plus noirs. La virtuosité de ses vers nous invite à nous enivrer de poésie, où qu'elle se trouve.

Dans son projet d'épilogue pour la deuxième édition des *Fleurs du Mal*, Baudelaire s'adresse à la ville de Paris : « Tu m'as donné ta boue et j'en ai fait de l'or[1]. » Si les alchimistes cherchent la formule pour changer le fer en or, l'art de Baudelaire consiste à jeter dans son alambic poétique les immondices du réel pour les transformer en une matière précieuse. Aussi, avec le chantre du spleen, nous pouvons essayer de jouir de ce qui nous oppresse et trouver une beauté paradoxale dans les spectacles les plus répugnants.

1. Projets d'un épilogue pour l'édition de 1861, *Œuvres complètes*, tome I, Gallimard, « Bibliothèque de la Pléiade », Paris, 1975, éd. Claude Pichois, p. 192.

Baudelaire avant Baudelaire

Charles Baudelaire naît en 1821. Son père, Joseph-François, artiste peintre, meurt alors qu'il n'a que cinq ans. L'année suivante, sa mère, Caroline, se remarie avec un militaire, Jacques Aupick, que son beau-fils va prendre en aversion. Adolescent, Charles éprouve de la mélancolie et se réfugie dans les livres : il se passionne pour la poésie de Victor Hugo, de Théophile Gautier et de Charles Augustin Sainte-Beuve. À peine bachelier, il se désintéresse de toute carrière, se met à fréquenter des cercles littéraires et des prostituées. Pour l'arracher à cette vie dissolue, ses parents le poussent à embarquer sur un navire à destination de Calcutta en 1841. Baudelaire n'atteindra pas les Indes, mais fera une escale aux îles Mascareignes (l'île Maurice et l'île Bourbon, actuelle île de La Réunion). Ce séjour influence fortement son œuvre, qui porte l'empreinte de la fascination pour la mer et les contrées exotiques. À son retour à Paris, contraint de gagner sa vie, il se tourne vers le journalisme et la critique d'art et réalise des traductions : il fait notamment découvrir au public français les textes de l'Américain Edgar Allan Poe, le maître de l'angoisse, et du Britannique Thomas De Quincey, le mangeur d'opium.

Portraits de maîtresses

Si Baudelaire semble avoir connu bien des maîtresses, prostituées pour certaines, nous ne présentons ici que ses trois amantes les plus importantes : Jeanne Duval, Apollonie Sabatier et Marie Daubrun.

En 1842, Baudelaire rencontre Jeanne Duval, qui va profondément inspirer sa poésie. Jeanne est métisse, probablement née à Saint-Domingue (actuelle Haïti). Elle tient de petits rôles au théâtre et se livre sans doute à la prostitution. Sa liaison avec Baudelaire est intense, explosive, souvent interrompue et tout aussi souvent renouée. Ses contemporains et la postérité n'ont pas été cléments avec Jeanne Duval, qui a été accusée de tout : d'avoir ruiné le poète, de l'avoir empêché d'écrire, de lui avoir transmis la syphilis, de l'avoir poussé dans sa tombe. Nombreux sont les poèmes qui portent l'empreinte de cette « Vénus noire », comme l'appelait Mme Aupick, qui la détestait : « La Chevelure » (p. 57), « Le Chat » (p. 37), « Le Serpent qui danse » (p. 31) et bien d'autres. Dans ces textes, l'image donnée est celle d'une femme fatale, sensuelle, sexuelle. Son corps, ses cheveux, son odeur, reviennent constamment sous la plume du poète, influencé par le fantasme exotique véhiculé par l'imaginaire du XIXe siècle.

A contrario, Apollonie Sabatier inspire d'abord à Baudelaire un amour platonique idéalisé lorsqu'il la rencontre en 1852. Apollonie Sabatier – Aglaé Savatier de son vrai nom –, née en 1822, est la fille illégitime d'un vicomte et d'une blanchisseuse. C'est une demi-mondaine qui fréquente les artistes les plus en vue de son temps. Au cours des décennies 1840 et 1850, dans son salon se croisent Gustave Flaubert, Alexandre Dumas père, Théophile Gautier, Edmond de Goncourt, Alfred de Musset, Gérard de Nerval, ainsi que des peintres, des musiciens et des sculpteurs. Ses contemporains décrivent une femme rayonnante, dont la grande beauté et le naturel joyeux lui valent de nombreux admirateurs. Certains poèmes de Baudelaire sont composés pour elle, tels « Harmonie du soir » (p. 41) et « À celle qui est trop gaie » (p. 39).

Baudelaire découvre Marie Daubrun – Brunaud de son vrai nom – sur les planches d'un théâtre, en 1846 ou 1847. Le poète la désigne sous le nom de « fée », d'« adorable sorcière », d'« être aux ailes de gaze ». Plusieurs poèmes font référence à une belle aux mystérieux yeux verts, séduisants mais traîtres, comme « Invitation au voyage » (p. 45), « Le Poison » (p. 43) ou « Les Bienfaits de la Lune » (p. 87).

L'entrée en poésie

1857 est une année capitale pour Baudelaire et pour l'histoire de la poésie française. Après la parution de plusieurs poèmes dans des revues, le recueil des *Fleurs du Mal* est publié. L'indécence de certaines pièces fait scandale. Baudelaire est assigné en justice pour « outrage à la morale publique et aux bonnes mœurs ». Cette accusation a lieu quelques mois après le procès de *Madame Bovary* de Flaubert, œuvre également accusée d'obscénité et d'immoralité. La mentalité puritaine et la censure en vigueur sous le règne autoritaire de Napoléon III mènent au rejet des *Fleurs du Mal*. Pour se défendre, Baudelaire fait valoir que « le livre doit être jugé dans son ensemble, et alors il en ressort une terrible moralité[1] », entendant par là que son recueil, en explorant les affres du vice, montre l'horreur du mal, sans en faire l'apologie. Le poète et son éditeur sont néanmoins condamnés à une amende ainsi qu'au retrait de six poèmes : « Le Léthé », « Les Bijoux », « À celle qui est trop gaie », « Lesbos », « Femmes damnées », « Les Métamorphoses du Vampire ». Les pièces retirées sont des scènes érotiques qui abordent la question taboue de l'homosexualité féminine. Ces « épaves[2] » resteront interdites jusqu'en… 1949 !

Le titre du recueil allie deux termes qui, de prime abord, semblent contradictoires. Dans un projet de préface, Baudelaire explique :

> Des poètes illustres s'étaient partagés depuis longtemps les provinces les plus fleuries du domaine poétique. Il m'a paru plaisant, et d'autant plus agréable que la tâche était difficile, d'extraire la *beauté* du Mal[3].

Baudelaire souhaite donc voyager dans des terres inexplorées par la poésie et accomplir la tâche ardue de faire fleurir la laideur, la souffrance, la perversion. Le recueil est construit selon un principe de progression, s'apparentant à une descente aux enfers. La première section « Spleen et Idéal » énonce la tension entre deux pôles inconciliables : l'aspiration désespérée à la beauté et une réalité horrible, faisant naître une angoisse sans remède. Dans la deuxième section, « Tableaux parisiens », ajoutée en 1861, le poète se tourne vers les autres dans le tumulte de la ville, les malheureux et les déshérités en particulier : des vieillards et des vieillardes, une mendiante rousse, des aveugles, des ouvriers, des prostituées, des criminels… Vient ensuite, dans la section « Le Vin », la tentative de s'oublier dans la boisson. La section suivante, les « Fleurs du Mal », qui donne son nom au recueil, gravite essentiellement autour de figures féminines dépravées. La très courte section « Révolte » met en scène un reniement de Dieu et de Jésus, auxquels la figure de Satan est

1. Projets d'un épilogue pour l'édition de 1861, *Œuvres complètes*, tome I, *op. cit.*, p. 193.
2. C'est le nom que donne Baudelaire aux poèmes qui ne figurent pas dans la première édition des *Fleurs du Mal*, d'une part les poèmes qu'il n'avait pas jugés assez bons, d'autre part les pièces qui ont été condamnées par le tribunal.
3. Il s'agit d'un extrait d'un des quatre projets de préface aux *Fleurs du Mal* par Baudelaire, *Œuvres complètes*, tome I, *op. cit.*, p. 181.

substituée. « La Mort » conclut logiquement la plongée dans le mal : c'est le seul horizon, l'unique issue de ce sombre voyage.

L'entreprise baudelairienne de rénovation poétique se poursuit avec *Le Spleen de Paris*, publié à titre posthume en 1869. Dans ce recueil, le poète continue d'explorer une veine mélancolique, mais en recourant davantage à l'humour noir, et développe l'inspiration parisienne. Quant à la forme, elle est profondément innovante puisqu'elle popularise un genre alors pratiquement inconnu, le poème en prose, dont le fondateur est un poète méconnu, Aloysius Bertrand, que Baudelaire admire. Dans *Gaspard de la nuit*, paru en 1842 dans l'indifférence générale, Bertrand crée de petites vignettes poétiques en prose, aux couleurs d'un Moyen Âge gothique de fantaisie. Baudelaire se propose de réutiliser cette forme nouvelle, mais en l'appliquant à la vie parisienne moderne.

Les principaux thèmes des recueils

• *Spleen et idéal*

La poésie de Baudelaire est tiraillée entre deux aspirations contraires, une tension vers l'idéal et un vertige d'avilissement. Il le formule ainsi dans *Mon cœur mis à nu* :

> Il y a dans tout homme, à toute heure, deux postulations simultanées, l'une vers Dieu, l'autre vers Satan. L'invocation à Dieu, ou spiritualité, est un désir de monter en grade ; celle de Satan, ou animalité, est une joie de descendre[1].

Le poète aspire à une beauté et une béatitude qui ne sont pas de ce monde. En comparaison, la réalité est ignoble, et nul n'est épargné par cette abjection généralisée. Les poèmes dépeignent l'horreur face au temps qui passe, la décrépitude et la mort qu'il amène inévitablement. Si la conception de l'existence baudelairienne est marquée par les notions chrétiennes de péché et de culpabilité, il ne se trouve ni Dieu ni Christ pour racheter les humains : seul Satan règne sur le monde.

1. *Mon cœur mis à nu*, *Œuvres complètes*, *op. cit.*, tome I, p. 682-683.

Spleen en anglais désigne la « rate ». La théorie des humeurs, en vigueur dans la médecine antique et médiévale, considérait que les humains se partageaient en quatre tempéraments, liés à la prédominance en eux d'une des quatre « humeurs » (fluides corporels) : le sang, la bile jaune, le flegme et la bile noire (produite par la rate). Les sanguins ont un caractère réputé chaleureux, les bilieux sont considérés comme enclins à la colère, les flegmatiques sont décrits comme imperturbables. Quant à ceux chez qui domine la bile noire (*melancholia* en grec), ils souffrent du dégoût de la vie. On parlerait aujourd'hui de dépression pour caractériser ce terrible mélange d'ennui, d'angoisse et de tristesse menant à la perte du goût de vivre. Cependant, dans la conception ancienne, la mélancolie est également liée à une forme de folie et de génie. Le mélancolique est souvent inspiré.

- *Ambivalence féminine*

Chez Baudelaire, la figure de la femme est ambivalente et rejoue l'opposition entre idéal et horreur. D'un côté, elle cristallise les grâces que peut désirer une âme malade pour oublier sa misère : beauté, douceur, sensualité, tendresse… De l'autre, alors que, pour Baudelaire, l'homme, particulièrement le dandy, semble un pur esprit, la femme quant à elle a un corps, plus encore, elle *est* un corps. C'est pourquoi la dégradation des choses terrestres ne va pas l'épargner. Si les femmes sont célébrées dans les poèmes de Baudelaire, elles font aussi l'objet d'une dévaluation proportionnelle : le plus souvent, elles apparaissent comme débauchées, perverses, insensibles, cruelles, dangereuses, traîtresses, stupides. Dans *Mon cœur mis à nu*, elles sont fustigées en ces termes : « La femme est *naturelle*, c'est-à-dire abominable[1] ». Dans ses poèmes, la misogynie de Baudelaire prend régulièrement la forme de fantasmes sadiques voire meurtriers : ainsi « Le Vin de l'assassin », « Portrait de maîtresses », « Une martyre » mettent-ils en scène des hommes assassinant leur compagne.

- *La soif d'évasion*

1. *Ibid.*, p. 677.

Les femmes offrent surtout des moyens d'échapper à l'affreuse réalité. Leurs regards, leurs baisers, leurs caresses procurent un éphémère oubli. Pareillement, l'ivresse permet de fuir le monde et d'alléger le fardeau de l'existence.

Les rêveries exotiques, vouées à rester lettre morte, jouent le même rôle. Baudelaire peint des paysages de rêve, chauds, lumineux, voluptueux, où le temps suspend son cours destructeur. Dans ces contrées merveilleuses ou dans les bras d'une femme, c'est la même sensualité et le même espoir de rédemption. Les sons, les textures, les couleurs et surtout les parfums rythment ses poèmes, jusqu'à la synesthésie[1].

• *Peindre la modernité*

L'une des originalités de la poésie de Baudelaire est de préférer peindre la ville plutôt que la nature, pourtant sujet poétique par excellence. Si le spectacle vertigineux de l'océan le captive, Baudelaire délaisse les lieux communs du genre pour s'intéresser à un urbanisme parisien alors en pleine métamorphose grâce aux travaux de modernisation du baron Haussmann, préfet de la Seine. Le poète opère une véritable révolution en peignant les rues agitées, les faubourgs populaires, les cafés éclairés au gaz, les petits théâtres et les cabarets louches. Par opposition aux romantiques qui aimaient courir les champs, Baudelaire préfère flâner dans Paris, se perdre dans la foule, se divertir de scènes curieuses, poser son regard sur les miséreux.

Une anthologie, étymologiquement, est une cueillette de fleurs. Tous les poèmes du présent ouvrage sont tirés des *Fleurs du Mal* et du *Spleen de Paris*. Nous laissons de côté une partie de la production de Baudelaire (*Les Paradis artificiels*, *Fusées*, *Mon cœur mis à nu*, ses critiques d'art, *Pauvre Belgique*, etc.) pour ne garder que ses pièces poétiques les plus remarquables. Nous espérons que vous aurez plaisir à (re)découvrir ces fleurs au parfum entêtant,

1. Ce terme, souvent associé à la poésie de Baudelaire, désigne un trouble de la perception lié au ressenti simultané de sensations de différents ordres. Le poème « Correspondances » en donne une parfaite illustration, notamment dans ces vers : « Il est des parfums frais comme des chairs d'enfant / Doux comme les hautbois, verts comme les prairies » (p. 21).

et peut-être à aller plus loin en recherchant d'autres poèmes, tout aussi beaux et puissants, que nous n'avons pas pu conserver ici.

35 extraits
pour changer la boue en or

I. *Les Fleurs du Mal*, 1857

1.

Au lecteur

Le poème qui ouvre le recueil annonce la couleur, et cette couleur sera le noir. Dans un style imagé évoquant la gravure fantastique, « Au lecteur » présente le tableau horrifique d'une humanité gouvernée par le mal. Bien que marqué par une conception chrétienne du péché, l'univers baudelairien crie l'absence de Dieu ; au contraire, c'est Satan qui domine les humains et veille presque maternellement sur eux. Apparaît également le thème central du spleen, incarné par un morne monstre bien connu du lecteur, avec lequel le poète établit une connivence dans le mal.

La sottise, l'erreur, le péché, la lésine[1],
Occupent nos esprits et travaillent nos corps,
Et nous alimentons nos aimables remords,
Comme les mendiants nourrissent leur vermine.

Nos péchés sont têtus, nos repentirs sont lâches ;
Nous nous faisons payer grassement nos aveux,
Et nous rentrons gaiement dans le chemin bourbeux,
Croyant par de vils pleurs laver toutes nos taches.

Sur l'oreiller du mal c'est Satan Trismégiste[2]
Qui berce longuement notre esprit enchanté,

1. L'avarice.
2. Qui est trois fois plus grand.

Et le riche métal de notre volonté
Est tout vaporisé par ce savant chimiste.

C'est le Diable qui tient les fils qui nous remuent !
Aux objets répugnants nous trouvons des appas ;
Chaque jour vers l'Enfer nous descendons d'un pas,
Sans horreur, à travers des ténèbres qui puent.

Ainsi qu'un débauché pauvre qui baise et mange
Le sein martyrisé d'une antique catin,
Nous volons au passage un plaisir clandestin
Que nous pressons bien fort comme une vieille orange.

Serré, fourmillant, comme un million, d'helminthes[1],
Dans nos cerveaux ribote un peuple de Démons,
Et, quand nous respirons, la Mort dans nos poumons
Descend, fleuve invisible, avec de sourdes plaintes.

Si le viol, le poison, le poignard, l'incendie,
N'ont pas encor brodé de leurs plaisants dessins
Le canevas banal de nos piteux destins,
C'est que notre âme, hélas ! n'est pas assez hardie.

Mais parmi les chacals, les panthères, les lices[2],
Les singes, les scorpions, les vautours, les serpents,
Les monstres glapissants, hurlants, grognants, rampants,
Dans la ménagerie infâme de nos vices,

Il en est un plus laid, plus méchant, plus immonde !
Quoiqu'il ne pousse ni grands gestes ni grands cris,
Il ferait volontiers de la terre un débris
Et dans un bâillement avalerait le monde ;

---

1. Vers parasites.
2. Ici : chiennes.

C'est l'Ennui ! — l'œil chargé d'un pleur involontaire,
Il rêve d'échafauds en fumant son houka[1].
Tu le connais, lecteur, ce monstre délicat,
— Hypocrite lecteur, — mon semblable, — mon frère !

1. Pipe orientale, narguilé.

2.

L'Albatros

Cette scène maritime est-elle un souvenir du voyage que fit Baudelaire, âgé de vingt ans, aux îles Mascareignes ? Quoiqu'il en soit, le poète transforme l'anecdote d'un albatros malmené par les marins en symbole de la condition du génie créateur. Le grand oiseau, véritablement royal lorsqu'il est dans son élément, devient, attiré de force sur le navire, un clown triste dont se moque l'équipage. La chute de l'albatros est l'emblème de la dégradation de l'idéal qui se heurte à la réalité.

Souvent, pour s'amuser, les hommes d'équipage
Prennent des albatros, vastes oiseaux des mers,
Qui suivent, indolents compagnons de voyage,
Le navire glissant sur les gouffres amers.

À peine les ont-ils déposés sur les planches,
Que ces rois de l'azur, maladroits et honteux,
Laissent piteusement leurs grandes ailes blanches
Comme des avirons traîner à côté d'eux.

Ce voyageur ailé, comme il est gauche et veule !
Lui, naguère si beau, qu'il est comique et laid !
L'un agace son bec avec un brûle-gueule[1],
L'autre mime, en boitant, l'infirme qui volait !

---

1. Pipe.

Le Poète est semblable au prince des nuées
Qui hante la tempête et se rit de l'archer ;
Exilé sur le sol au milieu des huées,
Ses ailes de géant l'empêchent de marcher.

3.

Correspondances

« Correspondances » est un poème important car, dans l'univers sans Dieu des Fleurs du mal, *il développe une croyance qui ne se tourne pas cette fois vers Satan mais vers une forme d'animisme ésotérique. La nature y est vivante et mystérieuse. La matière, l'esprit, les sons, les parfums, les couleurs, l'ombre et la lumière : tout se mêle et communique. Entre les lignes, « Correspondances » suggère que le poète a un rôle d'interprète, sa sensibilité le rendant, plus que le commun des mortels, à même de saisir la « ténébreuse et profonde unité » de la Nature.*

La Nature est un temple où de vivants piliers
Laissent parfois sortir de confuses paroles ;
L'homme y passe à travers des forêts de symboles
Qui l'observent avec des regards familiers.

Comme de longs échos qui de loin se confondent
Dans une ténébreuse et profonde unité,
Vaste comme la nuit et comme la clarté,
Les parfums, les couleurs et les sons se répondent.

Il est des parfums frais comme des chairs d'enfants,
Doux comme les hautbois, verts comme les prairies,
— Et d'autres, corrompus, riches et triomphants,

Ayant l'expansion des choses infinies,
Comme l'ambre, le musc, le benjoin et l'encens,
Qui chantent les transports de l'esprit et des sens.

4.

L'Ennemi

La métaphore du jardin, employée pour désigner la vie, a de quoi surprendre chez Baudelaire. En bon dandy, le poète a horreur du grossier végétal, organique et incontrôlable. Pour trouver grâce à ses yeux, les fleurs se doivent d'être étranges ou maladives, nourries par les orages de la mélancolie. Si, pour le poète, la réussite de son entreprise d'écriture est incertaine, sa seule certitude réside dans l'avancée inexorable du temps, qui vampirise les forces vives de la jeunesse.

Ma jeunesse ne fut qu'un ténébreux orage,
Traversé çà et là par de brillants soleils ;
Le tonnerre et la pluie ont fait un tel ravage,
Qu'il reste en mon jardin bien peu de fruits vermeils.

Voilà que j'ai touché l'automne des idées,
Et qu'il faut employer la pelle et les râteaux
Pour rassembler à neuf les terres inondées,
Où l'eau creuse des trous grands comme des tombeaux.

Et qui sait si les fleurs nouvelles que je rêve
Trouveront dans ce sol lavé comme une grève
Le mystique aliment qui ferait leur vigueur ?

— Ô douleur ! ô douleur ! Le Temps mange la vie,
Et l'obscur Ennemi qui nous ronge le cœur
Du sang que nous perdons croît et se fortifie !

5.

L'Homme et la Mer

Ce poème est une application de la théorie des correspondances ; ici, Baudelaire met en avant un lien secret entre l'homme et la mer, miroir reflétant l'immensité et les ténèbres de l'âme humaine. Dans la contemplation fascinée de la mer, l'homme se reconnaît, en même temps qu'il perçoit, dans un vertige, ses profondeurs insondables. « L'Homme et la Mer » coule dans un sonnet la conception romantique du sublime, cette qualité extrême allant au-delà du beau, et déclenchant un saisissement mêlé de crainte face à ce qui nous dépasse radicalement.

Homme libre, toujours tu chériras la mer !
La mer est ton miroir ; tu contemples ton âme
Dans le déroulement infini de sa lame,
Et ton esprit n'est pas un gouffre moins amer.

Tu te plais à plonger au sein de ton image ;
Tu l'embrasses des yeux et des bras, et ton cœur
Se distrait quelquefois de sa propre rumeur
Au bruit de cette plainte indomptable et sauvage.

Vous êtes tous les deux ténébreux et discrets :
Homme, nul n'a sondé le fond de tes abîmes ;
Ô mer, nul ne connaît tes richesses intimes,
Tant vous êtes jaloux de garder vos secrets !

Et cependant voilà des siècles innombrables
Que vous vous combattez sans pitié ni remord,
Tellement vous aimez le carnage et la mort,
Ô lutteurs éternels, ô frères implacables !

6.

La Vie antérieure

Le titre est aussi énigmatique que le poème. De quelle vie antérieure est-il question ? Le poème est-il un souvenir magnifié du séjour aux îles Mascareignes ? Une allusion aux philosophies de la réincarnation ? Une transcription de la torpeur béate procurée par l'opium ? Dans ce lieu situé sous des latitudes inconnues, le poète se livre à la contemplation voluptueuse du ciel et de la mer, et se rêve en prince-colon servi par des esclaves. Néanmoins, même au cœur de cet Éden exotique, il demeure une douleur secrète, dont la nature ne sous sera pas dévoilée.

J'ai longtemps habité sous de vastes portiques
Que les soleils marins teignaient de mille feux,
Et que leurs grands piliers, droits et majestueux,
Rendaient pareils, le soir, aux grottes basaltiques.

Les houles, en roulant les images des cieux,
Mêlaient d'une façon solennelle et mystique
Les tout-puissants accords de leur riche musique
Aux couleurs du couchant reflété par mes yeux.

C'est là que j'ai vécu dans les voluptés calmes,
Au milieu de l'azur, des vagues, des splendeurs
Et des esclaves nus, tout imprégnés d'odeurs,

Qui me rafraîchissaient le front avec des palmes,
Et dont l'unique soin était d'approfondir
Le secret douloureux qui me faisait languir.

7.

La Beauté

Qui est cette mystérieuse femme qui s'adresse à nous, immaculée comme la neige et dure comme la pierre ? D'emblée, elle paraît irréelle, supérieure car minérale, échappant aux vicissitudes de la chair. La beauté est le phare des poètes, mais sa lumière reste inaccessible : on est toujours en dessous de la beauté quand on tente de la dire. La réussite paradoxale de ce sonnet est de mettre en scène son propre échec avec virtuosité.

Je suis belle, ô mortels ! comme un rêve de pierre,
Et mon sein, où chacun s'est meurtri tour à tour,
Est fait pour inspirer au poète un amour
Éternel et muet ainsi que la matière.

Je trône dans l'azur comme un sphinx incompris ;
J'unis un cœur de neige à la blancheur des cygnes ;
Je hais le mouvement qui déplace les lignes,
Et jamais je ne pleure et jamais je ne ris.

Les poètes, devant mes grandes attitudes,
Que j'ai l'air d'emprunter aux plus fiers monuments,
Consumeront leurs jours en d'austères études ;

Car j'ai, pour fasciner ces dociles amants,
De purs miroirs qui font toutes choses plus belles :
Mes yeux, mes larges yeux aux clartés éternelles !

8.

Le Serpent qui danse

Les courbes de la femme, sa démarche chaloupée, sa chevelure évoquent la mer au poète. L'amante est fétichisée pour sa « couleur locale ». Elle est également décrite comme une tentatrice, dans cette scène où les métaphores liquides (eau, mer, flot, glace fondue, vin...) suggèrent un échange de fluides corporels. L'image du serpent biblique se teinte d'orientalisme par l'évocation du charmeur de serpent.

Que j'aime voir, chère indolente,
De ton corps si beau,
Comme une étoffe vacillante,
Miroiter la peau !

Sur ta chevelure profonde
Aux âcres parfums,
Mer odorante et vagabonde
Aux flots bleus et bruns,

Comme un navire qui s'éveille
Au vent du matin,
Mon âme rêveuse appareille
Pour un ciel lointain.

Tes yeux, où rien ne se révèle
De doux ni d'amer,

Sont deux bijoux froids où se mêle
L'or avec le fer.

À te voir marcher en cadence,
Belle d'abandon,
On dirait un serpent qui danse
Au bout d'un bâton.

Sous le fardeau de ta paresse
Ta tête d'enfant
Se balance avec la mollesse
D'un jeune éléphant,

Et ton corps se penche et s'allonge
Comme un fin vaisseau
Qui roule bord sur bord et plonge
Ses vergues[1] dans l'eau.

Comme un flot grossi par la fonte
Des glaciers grondants,
Quand l'eau de ta bouche remonte
Au bord de tes dents,

Je crois boire un vin de Bohême,
Amer et vainqueur,
Un ciel liquide qui parsème
D'étoiles mon cœur !

1. Parties du mât.

9.

Une charogne

Aux antipodes de la beauté inaltérable, Baudelaire s'intéresse ici à un objet au premier abord antipoétique : une carcasse en putréfaction ! Cette tension entre le culte du beau et l'investigation de l'immonde est caractéristique des Fleurs du Mal. *La scène champêtre de promenade en amoureux sombre dans la vision d'horreur et donne au poète l'occasion de livrer sa propre version du* memento mori. *La charogne, longuement dépeinte, est paradoxalement presque belle, fascinante en tout cas, image de la mort mais noyau de vie grouillante. Un parallèle est vite opéré avec l'idée d'une femme obscène, tant le macabre se teinte d'érotisme. Il est d'ailleurs significatif que, face à la charogne, le poète ne songe pas à sa propre dégénérescence, mais bien à celle de sa compagne – les femmes, chez Baudelaire, étant associées à une dimension charnelle par opposition aux hommes spirituels que sont les dandys.*

Rappelez-vous l'objet que nous vîmes, mon âme,
        Ce beau matin d'été si doux :
Au détour d'un sentier une charogne infâme
        Sur un lit semé de cailloux,

Les jambes en l'air, comme une femme lubrique,
        Brûlante et suant les poisons,
Ouvrait d'une façon nonchalante et cynique
        Son ventre plein d'exhalaisons.

Le soleil rayonnait sur cette pourriture,
Comme afin de la cuire à point,
Et de rendre au centuple à la grande Nature
Tout ce qu'ensemble elle avait joint ;

Et le ciel regardait la carcasse superbe
Comme une fleur s'épanouir.
La puanteur était si forte, que sur l'herbe
Vous crûtes vous évanouir.

Les mouches bourdonnaient sur ce ventre putride,
D'où sortaient de noirs bataillons
De larves, qui coulaient comme un épais liquide
Le long de ces vivants haillons.

Tout cela descendait, montait comme une vague,
Ou s'élançait en pétillant ;
On eût dit que le corps, enflé d'un souffle vague,
Vivait en se multipliant.

Et ce monde rendait une étrange musique,
Comme l'eau courante et le vent,
Ou le grain qu'un vanneur[1] d'un mouvement rythmique
Agite et tourne dans son van[2].

Les formes s'effaçaient et n'étaient plus qu'un rêve,
Une ébauche lente à venir,
Sur la toile oubliée, et que l'artiste achève
Seulement par le souvenir.

Derrière les rochers une chienne inquiète
Nous regardait d'un œil fâché,
Épiant le moment de reprendre au squelette
Le morceau qu'elle avait lâché.

1. Personne qui trie le grain.
2. Panier plat utilisé pour tamiser le grain.

— Et pourtant vous serez semblable à cette ordure,
    À cette horrible infection,
Étoile de mes yeux, soleil de ma nature,
    Vous, mon ange et ma passion !

Oui ! telle vous serez, ô la reine des grâces,
    Après les derniers sacrements,
Quand vous irez, sous l'herbe et les floraisons grasses,
    Moisir parmi les ossements.

Alors, ô ma beauté ! dites à la vermine
    Qui vous mangera de baisers,
Que j'ai gardé la forme et l'essence divine
    De mes amours décomposés !

10.

Le Chat

« Dieu a inventé le chat pour que l'homme ait un tigre à caresser chez lui », disait Victor Hugo. Une parole que n'aurait pas reniée Baudelaire, grand amoureux des chats. Dans ce poème, l'animal est aussi féminin que la femme est féline. On suppose que le poète pense à Jeanne Duval, puisqu'il est question d'un « corps brun ». Le chat de Baudelaire n'est que séduction, trouble alliage d'une chair souple et d'un regard aussi tranchant que ses griffes. Il s'agit pour le poète d'apprivoiser le chat, de dompter sa part sauvage pour le caresser à plaisir.

Viens, mon beau chat, sur mon cœur amoureux ;
        Retiens les griffes de ta patte,
Et laisse-moi plonger dans tes beaux yeux,
        Mêlés de métal et d'agate.

Lorsque mes doigts caressent à loisir
        Ta tête et ton dos élastique,
Et que ma main s'enivre du plaisir
        De palper ton corps électrique,

Je vois ma femme en esprit. Son regard,
        Comme le tien, aimable bête,
Profond et froid, coupe et fend comme un dard,

Et, des pieds jusques à la tête,
Un air subtil, un dangereux parfum
Nagent autour de son corps brun.

11.

À celle qui est trop gaie

C'est un poème empoisonné qu'adresse le poète tourmenté à Apollonie Sabatier. « À celle qui est trop gaie » fait partie des pièces condamnées lors du procès des Fleurs du Mal*. Son dénouement représente en effet une scène crue et cruelle, tenant à la fois de la morsure vampirique, du supplice et du viol. Le poète éprouve pour sa victime une passion dévorante mêlant l'amour à la haine. La femme, lumineuse, est le contraire du personnage morbide et ténébreux qui désire à la fois son corps, sa joie et sa santé.*

Ta tête, ton geste, ton air
Sont beaux comme un beau paysage ;
Le rire joue en ton visage
Comme un vent frais dans un ciel clair.

Le passant chagrin que tu frôles
Est ébloui par la santé
Qui jaillit comme une clarté
De tes bras et de tes épaules.

Les retentissantes couleurs
Dont tu parsèmes tes toilettes
Jettent dans l'esprit des poètes
L'image d'un ballet de fleurs.

Ces robes folles sont l'emblème
De ton esprit bariolé ;
Folle dont je suis affolé,
Je te hais autant que je t'aime !

Quelquefois dans un beau jardin
Où je traînais mon atonie[1],
J'ai senti, comme une ironie,
Le soleil déchirer mon sein ;

Et le printemps et la verdure
Ont tant humilié mon cœur,
Que j'ai puni sur une fleur
L'insolence de la Nature.

Ainsi je voudrais, une nuit,
Quand l'heure des voluptés sonne,
Vers les trésors de ta personne,
Comme un lâche, ramper sans bruit,

Pour châtier ta chair joyeuse,
Pour meurtrir ton sein pardonné,
Et faire à ton flanc étonné
Une blessure large et creuse,

Et, vertigineuse douceur !
À travers ces lèvres nouvelles,
Plus éclatantes et plus belles,
T'infuser mon venin, ma sœur !

---

1. Manque de vitalité.

12.

Harmonie du soir

« Cela danse », écrivait Baudelaire en marge de ce poème. « Harmonie du soir » s'inspire d'une forme poétique malaise, le pantoum, qui fait revenir les vers à intervalle régulier, créant ainsi une impression suave et évocatrice. Comme souvent chez le poète, sons, couleurs et parfums s'entrelacent, et la douleur se mêle à la douceur, la tristesse à la beauté. Le crépuscule, intériorisé, fait naître une puissante sensation d'apaisement, mais aussi de mélancolie. Le soleil couchant, décrit comme un être qui saigne et agonise, rappelle que toute chose est condamnée à mourir.

Voici venir les temps où vibrant sur sa tige
Chaque fleur s'évapore ainsi qu'un encensoir ;
Les sons et les parfums tournent dans l'air du soir ;
Valse mélancolique et langoureux vertige !

Chaque fleur s'évapore ainsi qu'un encensoir ;
Le violon frémit comme un cœur qu'on afflige ;
Valse mélancolique et langoureux vertige !
Le ciel est triste et beau comme un grand reposoir.

Le violon frémit comme un cœur qu'on afflige,
Un cœur tendre, qui hait le néant vaste et noir !
Le ciel est triste et beau comme un grand reposoir ;
Le soleil s'est noyé dans son sang qui se fige.

Un cœur tendre, qui hait le néant vaste et noir,
Du passé lumineux recueille tout vestige !
Le soleil s'est noyé dans son sang qui se fige…
Ton souvenir en moi luit comme un ostensoir !

13.

Le Poison

De l'amour de la drogue à la drogue de l'amour, ce poème explore les délices et les pièges de l'intoxication. Le vin est décrit comme un breuvage magique pouvant transfigurer une réalité ignoble en un rêve d'opulence : un verre, et le gueux devient roi. L'opium réussit l'impossible en permettant à l'homme, cet être fini et limité, d'accéder à l'infini et l'illimité. L'exaltation des psychotropes est ambiguë : ces « plaisirs noirs et mornes » sont des édens artificiels, tristes substituts d'un paradis à jamais perdu.

Le vin sait revêtir le plus sordide bouge
        D'un luxe miraculeux,
Et fait surgir plus d'un portique fabuleux
        Dans l'or de sa vapeur rouge,
Comme un soleil couchant dans un ciel nébuleux.

L'opium agrandit ce qui n'a pas de bornes,
        Allonge l'illimité,
Approfondit le temps, creuse la volupté,
        Et de plaisirs noirs et mornes
Remplit l'âme au-delà de sa capacité.

Tout cela ne vaut pas le poison qui découle
        De tes yeux, de tes yeux verts,
Lacs où mon âme tremble et se voit à l'envers…

Mes songes viennent en foule
Pour se désaltérer à ces gouffres amers.

Tout cela ne vaut pas le terrible prodige
De ta salive qui mord,
Qui plonge dans l'oubli mon âme sans remords,
Et, charriant le vertige,
La roule défaillante aux rives de la mort !

14.

L'Invitation au voyage

La femme tendrement aimée est le point de départ d'un voyage dans un pays de rêve pouvant évoquer la Hollande – les Pays-Bas possèdent encore à l'époque de Baudelaire un empire colonial outre-mer. La géographie trouble de cet ailleurs reflète les yeux charmants de la belle, sans doute Marie Daubrun. De fait, « L'Invitation au voyage » est marquée par un effet de flou : le pays est vaporeux comme un rêve. L'incantation poétique semble bien une berceuse, qui endort « l'enfant » chérie et lui forge des visions oniriques. Le temps du poème, le spleen enfin suspendu laisse place à l'idéal.

Mon enfant, ma sœur,
Songe à la douceur
D'aller là-bas vivre ensemble !
Aimer à loisir,
Aimer et mourir
Au pays qui te ressemble !
Les soleils mouillés
De ces ciels brouillés
Pour mon esprit ont les charmes
Si mystérieux
De tes traîtres yeux,
Brillant à travers leurs larmes.

Là, tout n'est qu'ordre et beauté,
Luxe, calme et volupté.

Des meubles luisants,
Polis par les ans,
Décoreraient notre chambre ;
Les plus rares fleurs
Mêlant leurs odeurs
Aux vagues senteurs de l'ambre,
Les riches plafonds,
Les miroirs profonds,
La splendeur orientale,
Tout y parlerait
À l'âme en secret
Sa douce langue natale.

Là, tout n'est qu'ordre et beauté,
Luxe, calme et volupté.

Vois sur ces canaux
Dormir ces vaisseaux
Dont l'humeur est vagabonde ;
C'est pour assouvir
Ton moindre désir
Qu'ils viennent du bout du monde.
— Les soleils couchants
Revêtent les champs,
Les canaux, la ville entière,
D'hyacinthe[1] et d'or ;
Le monde s'endort
Dans une chaude lumière.

Là, tout n'est qu'ordre et beauté,
Luxe, calme et volupté.

1. Pierre précieuse rouge-brun.

15.

L'Héautontimorouménos

« Héautontimorouménos » signifie en grec « bourreau de soi-même ». Ici, le poète met son cœur à nu, dévoilant une perversion qui entremêle sadisme et masochisme. Il s'adresse d'abord à sa victime (sa maîtresse ?), en lui peignant les souffrances qu'il va lui faire endurer et comment il s'enivrera de ses larmes. Le sadique se décrit ensuite comme torturé, souffrant d'un déchirement de l'âme, il est fondamentalement corrompu, à la fois martyr et tortionnaire. La douleur est son seul langage. Souffrir et faire souffrir, souffrir de faire souffrir : ce poème grinçant prend ses racines dans le mal.

Je te frapperai sans colère
Et sans haine, comme un boucher,
Comme Moïse le rocher !
Et je ferai de ta paupière,

Pour abreuver mon Sahara,
Jaillir les eaux de la souffrance.
Mon désir gonflé d'espérance
Sur tes pleurs salés nagera

Comme un vaisseau qui prend le large,
Et dans mon cœur qu'ils soûleront
Tes chers sanglots retentiront
Comme un tambour qui bat la charge !

Ne suis-je pas un faux accord
Dans la divine symphonie,
Grâce à la vorace Ironie
Qui me secoue et qui me mord ?

Elle est dans ma voix, la criarde !
C'est tout mon sang, ce poison noir !
Je suis le sinistre miroir
Où la mégère se regarde.

Je suis la plaie et le couteau !
Je suis le soufflet et la joue !
Je suis les membres et la roue,
Et la victime et le bourreau !

Je suis de mon cœur le vampire,
— Un de ces grands abandonnés
Au rire éternel condamnés,
Et qui ne peuvent plus sourire !

16.

Moesta et errabunda

*Agathe est une âme en peine, « triste et vagabonde » (*moesta et errabunda *en latin). Elle n'a ni spécificité physique ni trait de caractère, on sait seulement qu'elle est triste, ce en quoi elle apparaît comme un alter ego du poète. Son nom signifie « bonne » en grec et sa sainte patronne est une jeune femme qui consacre sa virginité à Dieu. L'évanescente Agathe représente la partie pure de l'âme du poète, mise à mal par les laideurs et les turpitudes humaines. Perdu dans un univers noir et boueux, le cœur innocent d'Agathe aspire au bleu du ciel et de la mer, au vert d'un paradis perdu.*

Dis-moi, ton cœur parfois s'envole-t-il, Agathe,
Loin du noir océan de l'immonde cité,
Vers un autre océan où la splendeur éclate,
Bleu, clair, profond, ainsi que la virginité ?
Dis-moi, ton cœur parfois s'envole-t-il, Agathe ?

La mer, la vaste mer, console nos labeurs !
Quel démon a doté la mer, rauque chanteuse
Qu'accompagne l'immense orgue des vents grondeurs,
De cette fonction sublime de berceuse ?
La mer, la vaste mer, console nos labeurs !

Emporte-moi, wagon ! enlève-moi, frégate !
Loin ! loin ! ici la boue est faite de nos pleurs !
— Est-il vrai que parfois le triste cœur d'Agathe

Dise : Loin des remords, des crimes, des douleurs,
Emporte-moi, wagon, enlève-moi, frégate ?

Comme vous êtes loin, paradis parfumé,
Où sous un clair azur tout n'est qu'amour et joie,
Où tout ce que l'on aime est digne d'être aimé,
Où dans la volupté pure le cœur se noie !
Comme vous êtes loin, paradis parfumé !

Mais le vert paradis des amours enfantines,
Les courses, les chansons, les baisers, les bouquets,
Les violons vibrant derrière les collines,
Avec les brocs de vin, le soir, dans les bosquets,
— Mais le vert paradis des amours enfantines,

L'innocent paradis, plein de plaisirs furtifs,
Est-il déjà plus loin que l'Inde et que la Chine ?
Peut-on le rappeler avec des cris plaintifs,
Et l'animer encor d'une voix argentine,
L'innocent paradis plein de plaisirs furtifs ?

17.

Spleen II

La vie a déserté le spleenétique qui, tout entier tourné vers le passé perdu, est écrasé sous le poids de ses souvenirs. Le poète décrit de manière saisissante sa dépersonnalisation. Toute son existence s'est pétrifiée, comme en attestent les métaphores de caveaux, de pierres tombales et l'image finale du sphinx, statue millénaire oubliée dans un désert. La mélancolie a figé le temps : le malade se voit désormais enfermé dans une éternité d'ennui.

J'ai plus de souvenirs que si j'avais mille ans.

Un gros meuble à tiroirs encombré de bilans,
De vers, de billets doux, de procès, de romances,
Avec de lourds cheveux roulés dans des quittances,
Cache moins de secrets que mon triste cerveau.
C'est une pyramide, un immense caveau,
Qui contient plus de morts que la fosse commune.
— Je suis un cimetière abhorré de la lune,
Où comme des remords se traînent de longs vers
Qui s'acharnent toujours sur mes morts les plus chers.
Je suis un vieux boudoir plein de roses fanées,
Où gît tout un fouillis de modes surannées,
Où les pastels plaintifs et les pâles Boucher,
Seuls, respirent l'odeur d'un flacon débouché.

Rien n'égale en longueur les boiteuses journées,
Quand sous les lourds flocons des neigeuses années
L'ennui, fruit de la morne incuriosité,
Prend les proportions de l'immortalité.
— Désormais tu n'es plus, ô matière vivante !
Qu'un granit entouré d'une vague épouvante,
Assoupi dans le fond d'un Sahara brumeux ;
Un vieux sphinx ignoré du monde insoucieux,
Oublié sur la carte, et dont l'humeur farouche
Ne chante qu'aux rayons du soleil qui se couche.

18.

Spleen IV

Lugubre comme un caveau, ce poème est à la fois le manifeste littéraire et la manifestation clinique du spleen. Il fait sentir comment la mélancolie étire infiniment le temps et enferme le malade dans le cachot de son propre esprit. Pour le spleenétique, l'univers s'obscurcit, le ciel se ferme, l'espérance s'enfuit, la mort est omniprésente. Le poème rend un son éprouvant, mêlant les gémissements, les pleurs, les hurlements et les cloches furieuses, soulignant ainsi le lien intime entre humeur mélancolique et hypersensibilité poétique : sur la page, la bile noire se mêle à l'encre.

Quand le ciel bas et lourd pèse comme un couvercle
Sur l'esprit gémissant en proie aux longs ennuis,
Et que de l'horizon embrassant tout le cercle
Il nous verse un jour noir plus triste que les nuits ;

Quand la terre est changée en un cachot humide,
Où l'Espérance, comme une chauve-souris,
S'en va battant les murs de son aile timide
Et se cognant la tête à des plafonds pourris ;

Quand la pluie étalant ses immenses traînées
D'une vaste prison imite les barreaux,
Et qu'un peuple muet d'infâmes araignées
Vient tendre ses filets au fond de nos cerveaux,

Des cloches tout à coup sautent avec furie
Et lancent vers le ciel un affreux hurlement,
Ainsi que des esprits errants et sans patrie
Qui se mettent à geindre opiniâtrement.

— Et de longs corbillards, sans tambours ni musique,
Défilent lentement dans mon âme ; l'Espoir,
Vaincu, pleure, et l'Angoisse atroce, despotique,
Sur mon crâne incliné plante son drapeau noir.

19.

Hymne à la Beauté

Pour Baudelaire, la Beauté est une obsession, et même une religion. Dans cet hymne qu'il lui dédie, une question lancinante est adressée à la divinité aux traits de femme : vient-elle du ciel ou de l'enfer ? Si le poète présente d'abord la sensualité et les charmes de sa souveraine, on s'aperçoit rapidement qu'ils sont intrinsèquement liés au mal et à la mort. Au contraire d'un dieu ordonnateur, la Beauté sème le chaos. Renonçant à toute morale, son adepte s'abandonne à son empire, sous lequel il trouve l'allégement de ses souffrances.

Viens-tu du ciel profond ou sors-tu de l'abîme,
Ô Beauté ? ton regard, infernal et divin,
Verse confusément le bienfait et le crime,
Et l'on peut pour cela te comparer au vin.

Tu contiens dans ton œil le couchant et l'aurore ;
Tu répands des parfums comme un soir orageux ;
Tes baisers sont un philtre et ta bouche une amphore
Qui font le héros lâche et l'enfant courageux.

Sors-tu du gouffre noir ou descends-tu des astres ?
Le Destin charmé suit tes jupons comme un chien ;
Tu sèmes au hasard la joie et les désastres,
Et tu gouvernes tout et ne réponds de rien.

Tu marches sur des morts, Beauté, dont tu te moques ;
De tes bijoux l'Horreur n'est pas le moins charmant,
Et le Meurtre, parmi tes plus chères breloques,
Sur ton ventre orgueilleux danse amoureusement.

L'éphémère ébloui vole vers toi, chandelle,
Crépite, flambe et dit : Bénissons ce flambeau !
L'amoureux pantelant incliné sur sa belle
À l'air d'un moribond caressant son tombeau.

Que tu viennes du ciel ou de l'enfer, qu'importe,
Ô Beauté ! monstre énorme, effrayant, ingénu !
Si ton œil, ton souris[1], ton pied, m'ouvrent la porte
D'un Infini que j'aime et n'ai jamais connu ?

De Satan ou de Dieu, qu'importe ? Ange ou Sirène,
Qu'importe, si tu rends, — fée aux yeux de velours,
Rythme, parfum, lueur, ô mon unique reine ! —
L'univers moins hideux et les instants moins lourds ?

1. Il s'agit de la forme ancienne du mot « sourire ».

20.

La Chevelure

Jeanne Duval serait l'inspiratrice de cette ode sensuelle, dans laquelle la femme aimée disparaît sous sa chevelure. La sensibilité du poète lui permet d'y trouver un univers. Pelage animal tout d'abord, les cheveux se métamorphosent tour à tour en végétaux et minéraux, continents, cieux et forêts. Par leur ondulation, ils se transforment en une mer qui emporte vers d'autres horizons. Cette chevelure liquide désaltère et enivre le poète jusqu'à l'inspiration : la création poétique naît de l'oisiveté voluptueuse.

Ô toison, moutonnant jusque sur l'encolure !
Ô boucles ! Ô parfum chargé de nonchaloir !
Extase ! Pour peupler ce soir l'alcôve obscure
Des souvenirs dormant dans cette chevelure,
Je la veux agiter dans l'air comme un mouchoir !

La langoureuse Asie et la brûlante Afrique,
Tout un monde lointain, absent, presque défunt,
Vit dans tes profondeurs, forêt aromatique !
Comme d'autres esprits voguent sur la musique,
Le mien, ô mon amour ! nage sur ton parfum.

J'irai là-bas où l'arbre et l'homme, pleins de sève,
Se pâment longuement sous l'ardeur des climats ;
Fortes tresses, soyez la houle qui m'enlève !
Tu contiens, mer d'ébène, un éblouissant rêve
De voiles, de rameurs, de flammes et de mâts :

Un port retentissant où mon âme peut boire
À grands flots le parfum, le son et la couleur ;
Où les vaisseaux, glissant dans l'or et dans la moire[1],
Ouvrent leurs vastes bras pour embrasser la gloire
D'un ciel pur où frémit l'éternelle chaleur.

Je plongerai ma tête amoureuse d'ivresse
Dans ce noir océan où l'autre est enfermé ;
Et mon esprit subtil que le roulis caresse
Saura vous retrouver, ô féconde paresse,
Infinis bercements du loisir embaumé !

Cheveux bleus, pavillon de ténèbres tendues,
Vous me rendez l'azur du ciel immense et rond ;
Sur les bords duvetés de vos mèches tordues
Je m'enivre ardemment des senteurs confondues
De l'huile de coco, du musc et du goudron.

Longtemps ! toujours ! ma main dans ta crinière lourde
Sèmera le rubis, la perle et le saphir,
Afin qu'à mon désir tu ne sois jamais sourde !
N'es-tu pas l'oasis où je rêve, et la gourde
Où je hume à longs traits le vin du souvenir ?

1. Tissu chatoyant.

21.

L'Horloge

Comme « Une charogne », « L'Horloge » est un memento mori, *très littéral cette fois-ci, puisque le poème scande l'impératif « souviens-toi ! ». Là où le premier illustrait la fuite du temps en observant ses ravages sur la chair, le second se concentre sur la progression mécanique du temps. Le poème, qui compte 24 vers comme une journée compte 24 heures, joue avec tous les types de temporalités : secondes, minutes, heures, jours, années. Ainsi, le lecteur éprouve le caractère tragique et angoissant de l'existence humaine, dissipée en un instant.*

Horloge ! dieu sinistre, effrayant, impassible,
Dont le doigt nous menace et nous dit : « *Souviens-toi !*
Les vibrantes Douleurs dans ton cœur plein d'effroi
Se planteront bientôt comme dans une cible ;

Le Plaisir vaporeux fuira vers l'horizon
Ainsi qu'une sylphide[1] au fond de la coulisse ;
Chaque instant te dévore un morceau du délice
À chaque homme accordé pour toute sa saison.

Trois mille six cents fois par heure, la Seconde
Chuchote : *Souviens-toi !* — Rapide, avec sa voix
D'insecte, Maintenant dit : Je suis Autrefois,
Et j'ai pompé ta vie avec ma trompe immonde !

---

1. Esprit de l'air.

Remember ! Souviens-toi, prodigue ! *Esto memor*[1] !
(Mon gosier de métal parle toutes les langues.)
Les minutes, mortel folâtre, sont des gangues
Qu'il ne faut pas lâcher sans en extraire l'or !

Souviens-toi que le Temps est un joueur avide
Qui gagne sans tricher, à tout coup ! c'est la loi.
Le jour décroît ; la nuit augmente, *souviens-toi !*
Le gouffre a toujours soif ; la clepsydre se vide.

Tantôt sonnera l'heure où le divin Hasard,
Où l'auguste Vertu, ton épouse encor vierge,
Où le Repentir même (oh ! la dernière auberge !),
Où tout te dira : Meurs, vieux lâche ! il est trop tard ! »

1. « Souviens-toi » en latin.

22.

À une passante

Le fourmillement de la grande ville engendre un vertige : tant de rencontres sont possibles ! Si le coup de foudre au premier regard est un lieu commun en littérature, il est ici déjoué par la disparition immédiate de la femme. La passante n'a pas de nom, pas de visage, pas d'histoire ; elle n'est qu'une silhouette en deuil. C'est parce qu'il ne sait rien de cette femme que celui qui la croise peut l'idéaliser, à tel point que le poète semble se fabriquer un regret pour le plaisir de regretter.

La rue assourdissante autour de moi hurlait.
Longue, mince, en grand deuil, douleur majestueuse,
Une femme passa, d'une main fastueuse
Soulevant, balançant le feston et l'ourlet ;

Agile et noble, avec sa jambe de statue.
Moi, je buvais, crispé comme un extravagant,
Dans son œil, ciel livide où germe l'ouragan,
La douceur qui fascine et le plaisir qui tue.

Un éclair... puis la nuit ! — Fugitive beauté
Dont le regard m'a fait soudainement renaître,
Ne te verrai-je plus que dans l'éternité ?

Ailleurs, bien loin d'ici ! trop tard ! *jamais* peut-être !
Car j'ignore où tu fuis, tu ne sais où je vais,
Ô toi que j'eusse aimée, ô toi qui le savais !

23.

Rêve parisien

Baudelaire nous présente un rêve, mais un rêve très maîtrisé, évoquant les visions démesurées que l'opium engendre. Le poète échafaude une prodigieuse cité cosmique, débarrassée du bruit, des hommes et de la végétation, sommet de la valorisation de l'artificiel contre le naturel. Ce paysage d'eau, de pierre et de lumière reflète le génie du poète, peintre et architecte, à l'image d'un dieu tirant un monde du néant. Cette colossale entreprise d'imagination en vers, qui allie le sublime à l'effroi, rend d'autant plus brutal le retour à la petite chambre parisienne sordide.

I

De ce terrible paysage,
Tel que jamais mortel n'en vit,
Ce matin encore l'image,
Vague et lointaine, me ravit.

Le sommeil est plein de miracles !
Par un caprice singulier,
J'avais banni de ces spectacles
Le végétal irrégulier,

Et, peintre fier de mon génie,
Je savourais dans mon tableau
L'enivrante monotonie
Du métal, du marbre et de l'eau.

Babel d'escaliers et d'arcades,
C'était un palais infini,
Plein de bassins et de cascades
Tombant dans l'or mat ou bruni ;

Et des cataractes pesantes,
Comme des rideaux de cristal,
Se suspendaient, éblouissantes,
À des murailles de métal.

Non d'arbres, mais de colonnades
Les étangs dormants s'entouraient,
Où de gigantesques naïades,
Comme des femmes, se miraient.

Des nappes d'eau s'épanchaient, bleues,
Entre des quais roses et verts,
Pendant des millions de lieues,
Vers les confins de l'univers ;

C'étaient des pierres inouïes
Et des flots magiques ; c'étaient
D'immenses glaces éblouies
Par tout ce qu'elles reflétaient !

Insouciants et taciturnes,
Des Ganges, dans le firmament,
Versaient le trésor de leurs urnes
Dans des gouffres de diamant.

Architecte de mes féeries,
Je faisais, à ma volonté,
Sous un tunnel de pierreries
Passer un océan dompté ;

Et tout, même la couleur noire,
Semblait fourbi, clair, irisé ;

Le liquide enchâssait sa gloire
Dans le rayon cristallisé.

Nul astre d'ailleurs, nuls vestiges
De soleil, même au bas du ciel,
Pour illuminer ces prodiges,
Qui brillaient d'un feu personnel !

Et sur ces mouvantes merveilles
Planait (terrible nouveauté !
Tout pour l'œil, rien pour les oreilles !)
Un silence d'éternité.

II

En rouvrant mes yeux pleins de flamme
J'ai vu l'horreur de mon taudis,
Et senti, rentrant dans mon âme,
La pointe des soucis maudits ;

La pendule aux accents funèbres
Sonnait brutalement midi,
Et le ciel versait des ténèbres
Sur le triste monde engourdi.

24.

Femmes damnées

Plutôt que Les Fleurs du Mal, *Baudelaire avait envisagé d'intituler le recueil* Les Lesbiennes. *Cela peut surprendre, car rares sont les poèmes qui traitent d'amours saphiques. Mais, outre son désir de choquer les bourgeois, le poète considère ces femmes comme des sœurs dans la souffrance et la réprobation. Nous voici transportés dans un étrange lieu au bord de la mer, qui semble uniquement peuplé de femmes : l'île de Lesbos sans doute. Le poète introduit le péché chrétien dans cet univers grec et païen, et suggère par là que le lesbianisme est à la fois une maladie (langueurs, frissons, fièvres, larmes, douleurs...) et une malédiction. Les lesbiennes étant des chercheuses d'infini, elles sont, comme le poète, vouées à se heurter à la finitude et la médiocrité du réel.*

Comme un bétail pensif sur le sable couchées,
Elles tournent leurs yeux vers l'horizon des mers,
Et leurs pieds se cherchant et leurs mains rapprochées
Ont de douces langueurs et des frissons amers.

Les unes, cœurs épris des longues confidences,
Dans le fond des bosquets où jasent les ruisseaux,
Vont épelant l'amour des craintives enfances
Et creusent le bois vert des jeunes arbrisseaux ;

D'autres, comme des sœurs, marchent lentes et graves
À travers les rochers pleins d'apparitions,

Où saint Antoine[1] a vu surgir comme des laves
Les seins nus et pourprés de ses tentations ;

Il en est, aux lueurs des résines croulantes,
Qui dans le creux muet des vieux antres païens
T'appellent au secours de leurs fièvres hurlantes,
Ô Bacchus[2], endormeur des remords anciens !

Et d'autres, dont la gorge aime les scapulaires[3],
Qui, recélant un fouet sous leurs longs vêtements,
Mêlent, dans le bois sombre et les nuits solitaires,
L'écume du plaisir aux larmes des tourments.

Ô vierges, ô démons, ô monstres, ô martyres,
De la réalité grands esprits contempteurs,
Chercheuses d'infini, dévotes et satyres,
Tantôt pleines de cris, tantôt pleines de pleurs,

Vous que dans votre enfer mon âme a poursuivies,
Pauvres sœurs, je vous aime autant que je vous plains,
Pour vos mornes douleurs, vos soifs inassouvies,
Et les urnes d'amour dont vos grands cœurs sont pleins !

---

1. Moine chrétien du début de notre ère, Antoine a vécu en ermite dans le désert, où le diable l'aurait tenté.
2. Dieu grec du vin et de l'ivresse.
3. Le scapulaire est soit une tunique de moine, soit un pendentif religieux.

25.

Les Litanies de Satan

Ce poème à la gloire de Satan est blasphématoire. Le poète subvertit la prière chrétienne pour chanter les louanges du Malin, célébré comme le dieu des ivrognes, des lépreux, des parias, et des poètes maudits. Le diable est en effet ici le saint patron des sciences et des arts. Alors que Dieu est décrit comme colérique et jaloux, Baudelaire fait de Satan une figure miséricordieuse. Ce « père adoptif » des vaincus a même pour ses enfants un amour de mère. Si Satan est un dieu, c'est un dieu très humain, presque un dieu fait homme ; le poème va jusqu'à suggérer qu'il est un autre Christ.

Ô toi, le plus savant et le plus beau des Anges,
Dieu trahi par le sort et privé de louanges,

Ô Satan, prends pitié de ma longue misère !

Ô Prince de l'exil, à qui l'on a fait tort,
Et qui, vaincu, toujours te redresses plus fort,

Ô Satan, prends pitié de ma longue misère !

Toi qui sais tout, grand roi des choses souterraines,
Guérisseur familier des angoisses humaines,

Ô Satan, prends pitié de ma longue misère !

Toi qui, même aux lépreux, aux parias maudits,
Enseignes par l'amour le goût du Paradis,

Ô Satan, prends pitié de ma longue misère !

Ô toi qui de la Mort, ta vieille et forte amante,
Engendras l'Espérance, — une folle charmante !

Ô Satan, prends pitié de ma longue misère !

Toi qui fais au proscrit ce regard calme et haut
Qui damne tout un peuple autour d'un échafaud,

Ô Satan, prends pitié de ma longue misère !

Toi qui sais en quels coins des terres envieuses
Le Dieu jaloux cacha les pierres précieuses,

Ô Satan, prends pitié de ma longue misère !

Toi dont l'œil clair connaît les profonds arsenaux
Où dort enseveli le peuple des métaux,

Ô Satan, prends pitié de ma longue misère !

Toi dont la large main cache les précipices
Au somnambule errant au bord des édifices,

Ô Satan, prends pitié de ma longue misère !

Toi qui, magiquement, assouplis les vieux os
De l'ivrogne attardé foulé par les chevaux,

Ô Satan, prends pitié de ma longue misère !

Toi qui, pour consoler l'homme frêle qui souffre,
Nous appris à mêler le salpêtre et le soufre[1],

Ô Satan, prends pitié de ma longue misère !

Toi qui poses ta marque, ô complice subtil,
Sur le front du Crésus[2] impitoyable et vil,

Ô Satan, prends pitié de ma longue misère !

Toi qui mets dans les yeux et dans le cœur des filles
Le culte de la plaie et l'amour des guenilles,

Ô Satan, prends pitié de ma longue misère !

Bâton des exilés, lampe des inventeurs,
Confesseur des pendus et des conspirateurs,

Ô Satan, prends pitié de ma longue misère !

Père adoptif de ceux qu'en sa noire colère
Du paradis terrestre a chassés Dieu le Père,

Ô Satan, prends pitié de ma longue misère !

PRIÈRE

Gloire et louange à toi, Satan, dans les hauteurs
Du Ciel, où tu régnas, et dans les profondeurs
De l'Enfer, où, vaincu, tu rêves en silence !
Fais que mon âme un jour, sous l'Arbre de Science,
Près de toi se repose, à l'heure où sur ton front
Comme un Temple nouveau ses rameaux s'épandront !

---

1. Le salpêtre et le souffre sont deux composants de la poudre à canon.
2. Roi de l'Antiquité qui possédait de grandes richesses. Le terme est passé dans le langage commun pour désigner un homme fortuné.

26.

La Mort des amants

Si l'amour est souvent torturé et sadique chez Baudelaire, en voici un versant apaisé. Les amants fusionnent dans la mort, présentée comme le dernier sommeil. Dans l'intimité de leur chambre, les amants alités échangent en effet une dernière étreinte (une petite mort ?). C'est la mort qui permettra de quitter un monde toujours décevant pour un ailleurs désirable. La vie brille de ses derniers feux et s'éteint sur la promesse de renaître de ses cendres.

Nous aurons des lits pleins d'odeurs légères,
Des divans profonds comme des tombeaux,
Et d'étranges fleurs sur des étagères,
Écloses pour nous sous des cieux plus beaux.

Usant à l'envi leurs chaleurs dernières,
Nos deux cœurs seront deux vastes flambeaux,
Qui réfléchiront leurs doubles lumières
Dans nos deux esprits, ces miroirs jumeaux.

Un soir fait de rose et de bleu mystique,
Nous échangerons un éclair unique,
Comme un long sanglot, tout chargé d'adieux ;

Et plus tard un Ange, entr'ouvrant les portes,
Viendra ranimer, fidèle et joyeux,
Les miroirs ternis et les flammes mortes.

27.

Recueillement

Pour amadouer sa douleur, le poète contemple le coucher de soleil. La tombée du jour est le moment préféré de Baudelaire, car elle parle toujours un peu de la mort… On se retrouve ici dans un théâtre mental dans lequel évoluent lentement les silhouettes du Soleil, du Soir, des Années, du Regret. Loin de la foule, le poète contemple le passé avec nostalgie, mais avance vers une acceptation du passage du temps et de son issue fatale. La nuit, qui préfigure la mort, apporte enfin le repos.

Sois sage, ô ma Douleur, et tiens-toi plus tranquille.
Tu réclamais le Soir ; il descend ; le voici :
Une atmosphère obscure enveloppe la ville,
Aux uns portant la paix, aux autres le souci.

Pendant que des mortels la multitude vile,
Sous le fouet du Plaisir, ce bourreau sans merci,
Va cueillir des remords dans la fête servile,
Ma Douleur, donne-moi la main ; viens par ici,

Loin d'eux. Vois se pencher les défuntes Années,
Sur les balcons du ciel, en robes surannées ;
Surgir du fond des eaux le Regret souriant ;

Le Soleil moribond s'endormir sous une arche,
Et, comme un long linceul traînant à l'Orient,
Entends, ma chère, entends la douce Nuit qui marche.

II. *Le Spleen de Paris*, 1869

28.

L'Étranger

Dans ce premier poème du Spleen de Paris, *deux personnages dialoguent ; l'un est aussi terre-à-terre que l'autre est dans les nuages. Le recueil s'ouvre sur une énigme : qui est donc cet homme mystérieux, sans famille, sans amis, sans patrie ? L'étranger rejette les valeurs bourgeoises énoncées par celui qui le presse de questions. Hors de la société, il semble sans limites, sans attache, comme les nuages qu'il aime tant. Sa sensibilité à la Beauté et son culte de l'immatériel suggèrent que l'étranger incarne la figure du poète.*

— Qui aimes-tu le mieux, homme énigmatique, dis ? ton père, ta mère, ta sœur ou ton frère ?

— Je n'ai ni père, ni mère, ni sœur, ni frère.

— Tes amis ?

— Vous vous servez là d'une parole dont le sens m'est resté jusqu'à ce jour inconnu.

— Ta patrie ?

— J'ignore sous quelle latitude elle est située.

— La beauté ?

— Je l'aimerais volontiers, déesse et immortelle.

— L'or ?

— Je le hais comme vous haïssez Dieu.

— Eh ! qu'aimes-tu donc, extraordinaire étranger ?

— J'aime les nuages... les nuages qui passent... là-bas... là-bas... les merveilleux nuages !

29.

Le Joujou du pauvre

Voici une fable pas si innocente que le poète l'annonce. L'attention particulière portée à la description des jouets traduit l'avènement de la société industrielle avec sa fascination pour la marchandise. À travers l'improbable rencontre entre un enfant riche et un enfant pauvre, Baudelaire met en scène l'opposition entre la bourgeoisie et le prolétariat. Le petit châtelain est fasciné par le « jouet » du gamin des rues, qui n'est autre… qu'un rat vivant ! Si les deux enfants communient par-delà le gouffre social qui les sépare, c'est dans une certaine forme de cruauté, toute féline.

Je veux vous donner l'idée d'un divertissement innocent. Il y a si peu d'amusements qui ne soient pas coupables ! Quand vous sortirez le matin avec l'intention décidée de flâner sur les grandes routes, remplissez vos poches de petites inventions à un sol, – telles que le polichinelle plat mû par un seul fil, les forgerons qui battent l'enclume, le cavalier et son cheval, dont la queue est un sifflet, – et le long des cabarets, au pied des arbres, faites-en hommage aux enfants inconnus et pauvres que vous rencontrerez. Vous verrez leurs yeux s'agrandir démesurément. D'abord ils n'oseront pas prendre ; ils douteront de leur bonheur ; puis leurs mains agripperont vivement le cadeau, et ils s'enfuiront comme font les chats qui vont manger loin de vous le morceau que vous leur avez donné, ayant appris à se défier de l'homme.

Sur une route, derrière la grille d'un vaste jardin, au bout duquel apparaissait la blancheur d'un joli château frappé par le soleil, se tenait un enfant beau et frais, habillé de ces vêtements de campagne si pleins de coquetterie.

Le luxe, l'insouciance et le spectacle habituel de la richesse, rendent ces enfants-là si jolis qu'on les croirait faits d'une autre pâte que les enfants de la médiocrité ou de la pauvreté.

À côté de lui, gisait sur l'herbe un joujou splendide, aussi frais que son maître, verni, doré, vêtu d'une robe pourpre, et couvert de plumets et de verroteries. Mais l'enfant ne s'occupait pas de son joujou préféré, et voici ce qu'il regardait :

De l'autre côté de la grille, sur la route, entre les chardons et les orties, il y avait un autre enfant, sale, chétif, fuligineux[1], un de ces marmots-parias dont un œil impartial découvrirait la beauté, si comme l'œil du connaisseur devine une peinture idéale sous un vernis de carrossier, il le nettoyait de la répugnante patine de la misère.

À travers ces barreaux symboliques séparant deux mondes, la grande route et le château, l'enfant pauvre montrait à l'enfant riche son propre joujou, que celui-ci examinait avidement comme un objet rare et inconnu. Or, ce joujou, que le petit souillon agaçait, agitait et secouait dans une boîte grillée, c'était un rat vivant ! Les parents, par économie sans doute, avaient tiré le joujou de la vie elle-même.

Et les deux enfants se riaient l'un à l'autre fraternellement, avec des dents d'une *égale* blancheur.

1. Qui produit la suie, ou qui en a la couleur.

30.

La Belle Dorothée

Ce portrait s'inspire de Dorothée Dormeuil, une ancienne esclave de planteur, dont la petite sœur, Marie, est affranchie lors du séjour du jeune Baudelaire sur l'île Bourbon. Dans cette scène, la beauté du paysage tropical écrasé de soleil fait rayonner celle de Dorothée, sublime, sensuelle, forte et fière. Mais sous la carte postale se dissimule une réalité bien moins reluisante : si Dorothée se fait si belle et affronte la canicule pour aller à un rendez-vous « galant », c'est parce qu'elle doit se prostituer pour gagner la somme nécessaire à la libération de sa sœur.

Le soleil accable la ville de sa lumière droite et terrible ; le sable est éblouissant et la mer miroite. Le monde stupéfié s'affaisse lâchement et fait la sieste, une sieste qui est une espèce de mort savoureuse où le dormeur, à demi éveillé, goûte les voluptés de son anéantissement.

Cependant Dorothée, forte et fière comme le soleil, s'avance dans la rue déserte, seule vivante à cette heure sous l'immense azur, et faisant sur la lumière une tache éclatante et noire.

Elle s'avance, balançant mollement son torse si mince sur ses hanches si larges. Sa robe de soie collante, d'un ton clair et rose, tranche vivement sur les ténèbres de sa peau, et moule exactement sa taille longue, son dos creux et sa gorge pointue.

Son ombrelle, tamisant la lumière, projette sur son visage sombre le fard sanglant de ses reflets. Le poids de son énorme chevelure presque bleue tire en arrière sa tête délicate et lui donne un air triomphant et paresseux. De lourdes pendeloques gazouillent secrètement à ses mignonnes oreilles.

De temps en temps, la brise de mer soulève par le coin sa jupe flottante et montre sa jambe luisante et superbe ; et son pied, pareil aux pieds des déesses de marbre que l'Europe enferme dans ses musées, imprime fidèlement sa forme sur le sable fin. Car Dorothée est si prodigieusement coquette que le plaisir d'être admirée l'emporte chez elle sur l'orgueil de l'affranchie, et, bien qu'elle soit libre, elle marche sans souliers.

Elle s'avance ainsi harmonieusement, heureuse de vivre et souriant d'un blanc sourire, comme si elle apercevait au loin dans l'espace un miroir reflétant sa démarche et sa beauté.

À l'heure où les chiens eux-mêmes gémissent de douleur sous le soleil qui les mord, quel puissant motif fait donc aller ainsi la paresseuse Dorothée, belle et froide comme le bronze ?

Pourquoi a-t-elle quitté sa petite case si coquettement arrangée, dont les fleurs et les nattes font à si peu de frais un parfait boudoir ; où elle prend tant de plaisir à se peigner, à fumer, à se faire éventer, ou à se regarder dans le miroir de ses grands éventails de plumes, pendant que la mer, qui bat la plage à cent pas de là, fait à ses rêveries indécises un puissant et monotone accompagnement, et que la marmite de fer où cuit un ragoût de crabes au riz et au safran lui envoie, du fond de la cour, ses parfums excitants ?

Peut-être a-t-elle un rendez-vous avec quelque jeune officier qui, sur des plages lointaines, a entendu parler, par ses camarades, de la belle Dorothée. Infailliblement, elle le priera, la simple créature, de lui décrire le bal de l'Opéra, et lui demandera si on peut y aller pieds nus, comme aux danses du dimanche, où les vieilles Cafrines[1] elles-mêmes deviennent ivres et furieuses de joie ; et puis encore si les belles dames de Paris sont toutes plus belles qu'elle.

Dorothée est admirée et choyée de tous, et elle serait parfaitement heureuse si elle n'était obligée d'entasser piastre sur piastre pour racheter sa petite sœur qui est si belle et déjà presque mûre.

Elle réussira, sans doute, cette bonne Dorothée ; car le maître de l'enfant est si avare, si avare ! trop avare pour comprendre une autre beauté que celle des écus.

1. « Cafrine », féminin de Cafre, désigne à La Réunion les femmes noires ou métisses.

31.

Enivrez-vous

Cette provocante injonction à l'ivresse nous rappelle que Baudelaire était familier des « paradis artificiels ». Mais ici, les drogues n'occupent pas toute la place : on peut aussi bien s'enivrer de poésie que de vertu. Le poème s'élabore à partir de deux thèmes récurrents en poésie depuis l'Antiquité : d'une part le constat de la fuite du temps, d'autre part la célébration de l'ivresse. Ainsi faut-il toujours être ivre pour anesthésier la douleur de vivre et ne pas être écrasé par le temps qui passe.

Il faut être toujours ivre. Tout est là. C'est l'unique question. Pour ne pas sentir l'horrible fardeau du Temps qui brise vos épaules et vous penche vers la terre, il faut vous enivrer sans trêve.

Mais de quoi ? De vin, de poésie ou de vertu, à votre guise. Mais enivrez-vous.

Et si quelquefois, sur les marches d'un palais, sur l'herbe verte d'un fossé, dans la solitude morne de votre chambre, vous vous réveillez, l'ivresse déjà diminuée ou disparue, demandez au vent, à la vague, à l'étoile, à l'oiseau, à l'horloge, à tout ce qui fuit, à tout ce qui gémit, à tout ce qui roule, à tout ce qui chante, à tout ce qui parle, demandez quelle heure il est ; et le vent, la vague, l'étoile, l'oiseau, l'horloge vous répondront : « Il est l'heure de s'enivrer ! Pour n'être pas les esclaves martyrisés du Temps, enivrez-vous ; enivrez-vous sans cesse ! De vin, de poésie ou de vertu, à votre guise. »

32.

Les Bienfaits de la Lune

Il arrive à Baudelaire d'écrire des contes de fées... pervers. Au premier abord, l'histoire pourrait sembler charmante. Mais, à y regarder de près, les cadeaux de la Lune sont empoisonnés : l'instabilité et l'insatisfaction s'y attachent. Cette mère incestueuse est une « nourrice empoisonneuse ». Baudelaire dresse un portrait raffiné des « lunatiques », auxquels il s'identifie. Liant intrinsèquement beauté et souffrance, il fait du tempérament lunaire une belle maladie, une élégante malédiction.

La Lune, qui est le caprice même, regarda par la fenêtre, pendant que tu dormais dans ton berceau, et se dit : « Cette enfant me plaît. »

Et elle descendit lestement son escalier de nuages et passa sans bruit à travers les vitres. Puis elle s'étendit sur toi avec la tendresse souple d'une mère, et elle déposa ses couleurs sur ta face. Tes prunelles en sont restées vertes et tes joues extraordinairement pâles. C'est en contemplant cette visiteuse que tes yeux se sont si bizarrement agrandis ; et elle t'a si tendrement serrée à la gorge que tu en as gardé l'envie de pleurer.

Cependant, dans l'expansion de sa joie, la Lune remplissait toute la chambre comme une atmosphère phosphorique, comme un poison lumineux ; et toute cette lumière vivante pensait et disait : « Tu subiras éternellement l'influence de mon baiser. Tu seras belle à ma manière. Tu aimeras ce que j'aime et ce qui m'aime : l'eau, les nuages, le silence et la nuit ; la mer immense et verte ; l'eau informe et multiforme ; le lieu où tu ne seras pas ; l'amant que tu ne connaîtras pas ; les fleurs monstrueuses ; les parfums qui font délirer ; les chats qui se pâment sur les pianos et qui gémissent comme les femmes, d'une voix rauque et douce !

« Et tu seras aimée de mes amants, courtisée par mes courtisans. Tu seras la reine des hommes aux yeux verts dont j'ai serré aussi la gorge dans mes caresses nocturnes ; qui aiment la mer, la mer immense, tumultueuse et verte, l'eau informe et multiforme, le lieu où ils ne sont pas, la femme qu'ils ne connaissent pas, les fleurs sinistres qui ressemblent aux encensoirs d'une religion inconnue, les parfums qui troublent la volonté, et les animaux sauvages et voluptueux qui sont les emblèmes de leur folie. »

Et c'est pour cela, chère enfant adorée, que je suis maintenant couché à tes pieds, cherchant dans toute ta personne le reflet de la redoutable Divinité, de la fatidique marraine, de la nourrice empoisonneuse de tous les *lunatiques*.

33.

Le Port

Dans la tourmente de l'œuvre de Baudelaire, certains poèmes sont des havres. Ici, la prose poétique épouse à merveille la calme ondulation des vagues et les reflets changeants du ciel. Le poète réalise une peinture marine, lumineuse et colorée. Les navires suscitent une rêverie sans danger pour l'observateur qui ne montera pas à leur bord. Le port, à la fois immobile et mouvant, fermé sur lui-même et ouvert sur le monde, est l'endroit idéal pour celui qui ne veut plus lutter, conquérir, découvrir. Offrant au spleenétique la possibilité de ne faire que regarder et rêver, il le berce doucement.

Un port est un séjour charmant pour une âme fatiguée des luttes de la vie. L'ampleur du ciel, l'architecture mobile des nuages, les colorations changeantes de la mer, le scintillement des phares sont un prisme merveilleusement propre à amuser les yeux sans les lasser. Les formes élancées des navires, au gréement compliqué, auxquels la houle imprime des oscillations harmonieuses, servent à entretenir dans l'âme le goût du rythme et de la beauté. Et puis surtout, il y a une sorte de plaisir mystérieux et aristocratique pour celui qui n'a plus ni curiosité ni ambition, à contempler, couché dans le belvédère, ou accoudé sur le môle, tous ces mouvements de ceux qui partent et de ceux qui reviennent, de ceux qui ont encore la force de vouloir, le désir de voyager ou de s'enrichir.

34.

Any where out of the world
N'importe où hors du monde

Les poèmes de Baudelaire sont nombreux à évoquer le voyage. Pourtant après l'escale fondatrice aux îles Mascareignes, accompli lorsqu'il avait vingt ans, le poète n'est jamais allé plus loin que la Belgique. Aussi mène-t-il des expéditions dans des territoires imaginaires ; ici, en s'entretenant avec son âme malade. Mais les beautés qu'il lui dépeint ne sont que mirages : le spleenétique, incapable de saisir le réel et de jouir de la vie, est condamné aux simulacres de l'art, comme ce poème en prose dessinant des petites vignettes de contrées qui resteront des fantasmes.

Cette vie est un hôpital où chaque malade est possédé du désir de changer de lit. Celui-ci voudrait souffrir en face du poêle, et celui-là croit qu'il guérirait à côté de la fenêtre.

Il me semble que je serais toujours bien là où je ne suis pas, et cette question de déménagement en est une que je discute sans cesse avec mon âme.

« Dis-moi, mon âme, pauvre âme refroidie, que penserais-tu d'habiter Lisbonne ? Il doit y faire chaud, et tu t'y ragaillardirais comme un lézard. Cette ville est au bord de l'eau ; on dit qu'elle est bâtie en marbre, et que le peuple y a une telle haine du végétal, qu'il arrache tous les arbres. Voilà un paysage selon ton goût ; un paysage fait avec la lumière et le minéral, et le liquide pour les réfléchir ! »

Mon âme ne répond pas.

« Puisque tu aimes tant le repos, avec le spectacle du mouvement, veux-tu venir habiter la Hollande, cette terre béatifiante ? Peut-être te divertiras-tu dans cette contrée dont tu as souvent admiré l'image dans les musées. Que penserais-tu de Rotterdam, toi qui aimes les forêts de mâts, et les navires amarrés au pied des maisons ? »

Mon âme reste muette.

« Batavia te sourirait peut-être davantage ? Nous y trouverions d'ailleurs l'esprit de l'Europe marié à la beauté tropicale. »

Pas un mot. – Mon âme serait-elle morte ?

« En es-tu donc venue à ce point d'engourdissement que tu ne te plaises que dans ton mal ? S'il en est ainsi, fuyons vers les pays qui sont les analogies de la Mort. – Je tiens notre affaire, pauvre âme ! Nous ferons nos malles pour Tornéo[1]. Allons plus loin encore, à l'extrême bout de la Baltique ; encore plus loin de la vie, si c'est possible ; installons-nous au pôle. Là le soleil ne frise qu'obliquement la terre, et les lentes alternatives de la lumière et de la nuit suppriment la variété et augmentent la monotonie, cette moitié du néant. Là, nous pourrons prendre de longs bains de ténèbres, cependant que, pour nous divertir, les aurores boréales nous enverront de temps en temps leurs gerbes roses, comme des reflets d'un feu d'artifice de l'Enfer ! »

Enfin, mon âme fait explosion, et sagement elle me crie : « N'importe où ! n'importe où ! pourvu que ce soit hors de ce monde ! »

1. Ville en Finlande.

35.

Épilogue

Au terme de son incursion mélancolique dans Paris, le poète prend de la hauteur pour admirer sa ville. Un guide plus conventionnel nous aurait montré les beaux monuments ; Baudelaire, lui, nous entraîne dans les ruelles populeuses, pleines de malades, de marginaux et de criminels. Figure d'allégorie irrévérencieuse, Paris est assimilée à une prostituée qui, bien que fanée et maussade, réjouit le cœur du poète. Courtisane louche et muse déchue, elle comble les appétits viciés du dandy. Avec ce poème, Baudelaire nous tend une ultime fleur du mal, écarlate comme la luxure et sulfureuse comme l'enfer.

Le cœur content, je suis monté sur la montagne
D'où l'on peut contempler la ville en son ampleur,
Hôpital, lupanars, purgatoire, enfer, bagne,

Où toute énormité fleurit comme une fleur.
Tu sais bien, ô Satan, patron de ma détresse,
Que je n'allais pas là pour répandre un vain pleur ;

Mais comme un vieux paillard d'une vieille maîtresse,
Je voulais m'enivrer de l'énorme catin
Dont le charme infernal me rajeunit sans cesse.

Que tu dormes encor dans les draps du matin,
Lourde, obscure, enrhumée, ou que tu te pavanes
Dans les voiles du soir passementés d'or fin,

Je t'aime, ô capitale infâme ! Courtisanes
Et bandits, tels souvent vous offrez des plaisirs
Que ne comprennent pas les vulgaires profanes.

Table des matières

Achevé d'imprimer en Italie
par Grafica Veneta en février 2022
Dépôt légal mars 2022
EAN 9782290261279
OTP L21ELLN001089N001

—

Composition : PCA

—

ÉDITIONS J'AI LU
87, quai Panhard-et-Levassor,
75013 Paris
Diffusion France et étranger : Flammarion

Librio

1317